AF356824

HISTOIRE

DE DEVX MONSTRES

NOVVELLEMENT VEVS A PARIS.

Le premier eſt d'vn corps humain, qui fut trouué il y a quelque temps par Monſieur Peu Chirurgien Iuré de robe longue : L'autre eſt d'vne brute, qui a eſté depuis peu rencontré par Meſſieurs Rochette Apotiquaire du Roy, & Rouſſeau Chirurgien.

AVEC LES FIGVRES

QVI LES REPRESENTENT AV NATVREL.

Et vn recit veritable de tout ce qui a eſté remarqué en l'anatomie qui en a eſté faite.

A PARIS,

Chez EDME MARTIN, ruë ſaint Iacques, au Soleil d'or.

M. DC. LV.

AVEC PERMISSION.

A MONSIEVR
Mʳ VALLOT
SEIGNEVR DE MAGNAN,
CONSEILLER DV ROY EN SES CONSEILS
D'ESTAT ET PRIVE',
ET PREMIER MEDECIN DE SA MAIESTE'.

MONSIEVR,

Il n'y a personne à qui nous puissions plus legitimement dedier & adresser l'histoire de ces deux monstres qui nous sont tombez entre les mains, qu'à vous qui auez trauaillé plus qu'aucun autre en la recherche & connoissance des choses que la Nature produit, & qui auez appris à con-

noiſtre & à guerir ſi parfaitement les maladies, qui ſont autant de monſtres qui nous
deuorent, & que vous abbatez à vos pieds
comme vn autre Hercule. Et veritablement
comme les monſtres ſont des manquemens &
des imperfections qui arriuent en la Nature:
auſſi les maladies qui affligent noſtre corps,
ſont d'étranges déreglemens qui en détruiſent
l'œconomie naturelle, & qui à bon titre peuuent porter ce nom. Mais pour aiuſter de
plus prés cette comparaiſon, qui autrement
ſembleroit eſtre trop vaſte & trop eſtenduë;
comme la compoſition bizarre & extrauagante des parties d'vn animal conſtituë vn
monſtre; auſſi les maladies diuerſement com-
pliquées, & qui ont quelque choſe de dé-
reglé, ou qui choquent le cours ordinaire,
ſemblent eſtre autant de monſtres en leur genre; d'où vient que l'on dit ordinairement,
qu'il n'arriue pas moins de monſtres dans les
maladies que dans la Nature. Si on doit
eſperer quelque reformation & correction de
ces deſordres, c'eſt de vous, MONSIEVR,

principalement que l'on la doit attendre,
puisque l'assiduité du trauail, & la grande
experience que vous auez en l'art de la Medecine, vous ont acquis le premier rang entre
ceux qui font profession de cette science. C'est
vostre merite, vostre capacité, & les belles
lumieres dont vous estes éclairé, qui vous ont
éleué à ce haut degré d'honneur, & qui vous
rendent iuge competant de tout ce qui arriue
dans l'étenduë de la Medecine. C'est pourquoy nous ne faisons point de difficulté de
soûmettre à vostre iugement ce discours, qui
expose l'histoire anatomique des parties de
ces deux monstres, & qui en explique les
causes : vous assurant, que si nous auions
quelque chose de plus excellent à vous presen-
ter, nous le ferions d'aussi grand cœur que
nous sommes,

MONSIEVR,

Vos tres-humbles & obeïssans seruiteurs,
P. Pev, I. Rovsseav, & M. Rochette.

PREMIERE FIGVRE,

Qui represente l'animal du costé de dehors.

SECONDE FIGVRE,

Laquelle represente l'animal du costé de dedans.

TROISIESME FIGVRE,

Laquelle represente l'animal renuersé sur vne table.

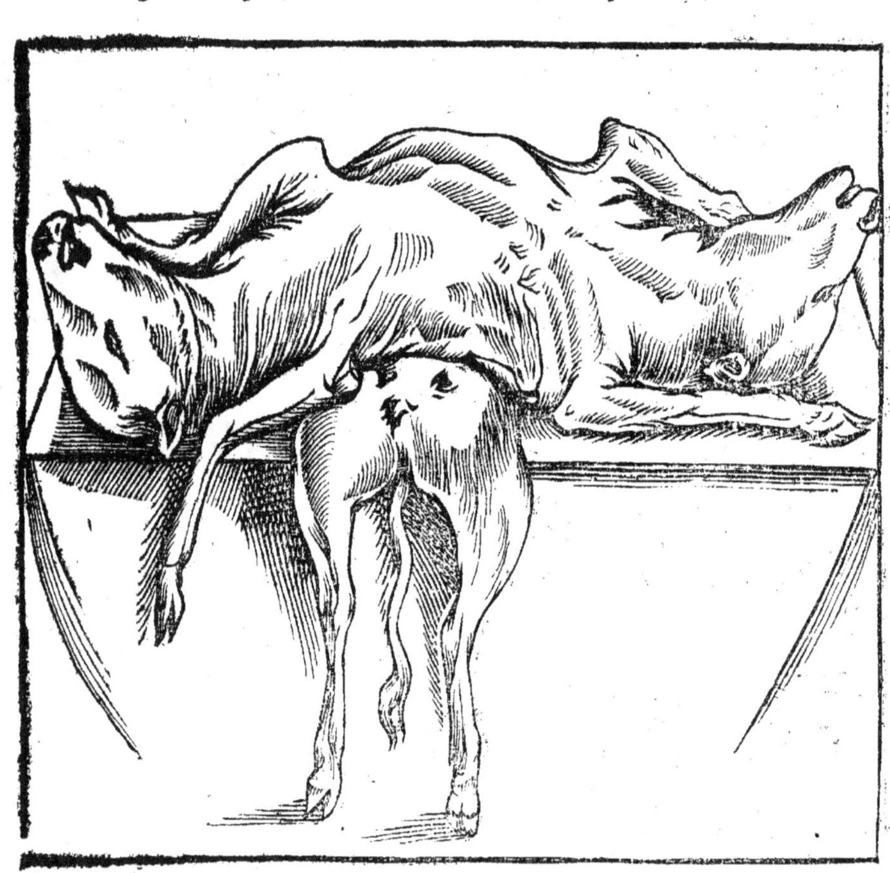

HISTOIRE
D'VN ANIMAL MONSTRVEVX
apporté à Paris le 13. Iuin 1655. ayant deux testes,
six pieds, deux queuës, & le ventre sur le dos.

 OMME la difficulté d'atteindre à la parfaite connoissance des choses qui arriuent en la nature, surpasse de beaucoup toute l'estime que l'esprit de l'homme sçauroit conceuoir pour elle; aussi l'acquisition de cette science, aprés laquelle il aspire auec tant d'ardeur, est au dessus de tout le trauail, de toute la diligence, & de toute la dépense que l'on pourroit s'imaginer; puisque ces moyens que l'homme employe ordinairement en la poursuite des auantages qu'il souhaite, sont trop foibles en cette occasion, & n'ont pû fournir à beaucoup de personnes qui se sont addonnez à cette curieuse recherche, ce qui estoit necessaire pour obtenir l'heureuse fin qu'ils s'estoient proposée. Et veritablement il faut faire des efforts plus que la condition de l'homme ne peut souffrir, pour renuerser tous les obstacles qui se presentent en cette entreprise; de sorte qu'il y a suiet de craindre pour ceux qui prennent la resolution de l'executer, qu'ils ne succombent dés la premiere démarche. Representez-vous la diligence incroyable, & le trauail opiniastre qu'il faut apporter en la recherche des choses naturelles; qu'il faut de plus beaucoup de temps pour arriuer au but, & que la briéueté de la vie de l'homme, n'est pas proportionnée au temps que l'on consume en cet exercice. Vn siecle ne suffit pas bien souuent pour acquerir vne connoissance bien certaine, qui est fondée sur plusieurs expe-

A

riences; & il n'appartient qu'à vn grand Prince de soûtenir les frais, & les dépenses qu'il faut, pour faire ces experiences. Aristote le genie de la Nature, n'auroit iamais pû entreprendre de faire son histoire des animaux, sans les aides & le secours que luy presta Alexandre le Grand. Que si de plusieurs choses qui arriuent selon le cours ordinaire de la Nature, nostre entendement ne sçauroit prendre qu'vne legere connoissance, & que plusieurs autres luy demeurent inconnuës & cachées, que dirons nous des prodiges & des monstres, qui sont comme des égaremens d'icelle, qui nous surprennent par leur nouueauté, & qui arriuent si rarement, qu'vn homme pendant tout le cours de sa vie peut à peine en remarquer deux qui soient de la mesme sorte ? C'est pourquoy nous auons estimé que c'estoit vne chose assez importante, & digne des esprits curieux, de leur faire l'histoire d'vn Veau monstrueux, que nous auons rencontré en cette ville, & duquel nous auons consideré & examiné auec beaucoup de soin toutes les parties tant du dedans que du dehors. Et d'autant qu'il n'a pas esté possible de le faire voir à tout le peuple de Paris, n'ayant pû durer long temps sans se corrompre, nous en auons fait tirer diuerses representations, selon les diuerses façons qu'il a fallu le considerer.

Les personnes de grande condition qui ont veu & consideré cet animal en cette ville, seront autant d'authentiques témoins qui assureront de la verité du recit que nous en ferons. Il suffira de dire aux autres qui ne l'ont pas veu, que pendant cinq iours de temps on l'a promené par plusieurs maisons de personnes de grande condition, qui l'ont veu & consideré auec admiration ; entre autres chez Monsieur le Garde des Seaux, qui eut la curiosité & la patience de le regarder exactement: Et que Messieurs le Large & Cressé Maîtres Barbiers Chirurgiens de cette ville, & plusieurs autres personnes de toute sorte de condition, l'ont visité chez Mr Rousseau Chirurgien, lequel en a conserué la peau toute entiere, auec le squelette que l'on pourra encore voir.

Ce monstre sortit du ventre d'vne vache, le Dimanche 13. iour de Iuin 1655. à dix heures du matin, en la paroisse du Gué de Lauray, à quatorze lieuës de Paris, sur le grand

chemin qui va à Chartres. Il vefcut demie heure aprés a-
uoir veu le iour, & dit-on que les deux teftes fuçerent trois
ou quatre cuillerées de laict, en la prefence de Monfieur le
Vicomte de Meaux, Madame la Vicomteffe fa femme, & Mr
le Comte de Vaucelas. Il fut apporté à Paris par Iean Bour-
bon domeftique de Monfieur le Vicomte, le Lundy fuiuant
13. de Iuin, duquel Monfieur Rochette Apotiquaire du Roy,
& Monfieur Rouffeau Chirurgien acheterent ledit Monftre, à deffein d'en faire la diffection, & d'en conferuer s'il
eftoit poffible le fquelette & la peau. Et ce qui les obligea
encore plus à faire vne exacte reueuë de toutes les parties in-
ternes de cet animal, fut le commandement exprés que leur
fit Monfieur le Garde des Seaux, de luy faire vn fidele rapport de toutes les chofes comme elles fe feroient trouuées.

La diffection en fut faite le Samedy 18. Iuin, en l'eftude
de Monfieur Cattier Docteur en Medecine, & Medecin
ordinaire du Roy; par Monfieur Matot Maiftre Chirurgien
Iuré, & par Monfieur Rouffeau auffi Chirurgien, en la prefence de Monfieur du Prat Docteur en Medecine, & Medecin ordinaire du Roy; & de Monfieur Clement Apotiquaire de Monfieur le Chancelier, de Monfieur Rochette,
& de quelques autres.

Auant la diffection nous confiderafmes la conftitution ex-
terne, qui eftoit telle qu'il s'enfuit.

Les parties de ce monftre eftoient toutes d'vn Veau, ou
pluftoft de deux Veaux ioints, & confondus enfemble, lefquelles eftoient difpofées en cette maniere.

Il y auoit deux teftes aux deux extremitez du corps, op-
pofées directement l'vne à l'autre, lefquelles eftoient fort
bien formées; l'vne paroiffoit vn peu plus groffe que l'autre.
Le col en chacune eftoit à l'ordinaire. L'efpine du dos qui
eft le fondement & l'appuy de tous les os, eftoit de chaque
cofté courbée vers le dehors en forme d'arc, & les deux é-
pines fe rencontrant prefque enfemble, reprefentoient cette lettre Y, que l'on nomme i Grec: ce qui a efté la caufe
que les deux cuiffes, iambes & pieds de derriere fortoient
de la partie laterale & du milieu de ce monftre; lefquelles
parties auec vne queuë d'vn cofté fe trouuoient fort bien

laiſſoient entre deux vne diſtance faiſant vn creux.

Ces choſes eſtans ainſi conſiderées, on peut dire veritablement que c'eſtoient deux Veaux ioints, & vnis bout à bout l'vn de l'autre, à chacun deſquels manquoit vn quartier de derriere.

Ariſtote dit que ces defauts & ces changemens n'arriuent pas aux animaux ſeulemét quant aux parties du dehors; mais auſſi qu'ils ſe trouuent ſouuét aux parties du dedans, leſquelles ſont en plus grand, ou en moindre nombre qu'il ne faut: quelques-vnes meſme ſe trouuent ſituées hors de leur lieu naturel : cependant qu'on n'a iamais veû aucun animal ſans cœur ou ſans foye; qu'il s'en eſt veû qui n'auoient point de rate, & d'autres qui l'auoient double, & n'auoient qu'vn rein: les autres qui n'auoient pas de veſſie du fiel, quoy qu'ils en deuſſent auoir naturellement, & d'autres qui en auoient pluſieurs: qu'il s'en eſt veû auſſi qui auoient les parties tranſpoſées, le foye eſtant contenu dans le coſté gauche, & la rate dans le coſté droit. Ce beau paſſage d'Ariſtote nous oblige à ne conſiderer pas ſeulement la diſpoſition des parties du dehors de noſtre monſtre; mais de penetrer iuſques aux parties du dedans, pour ſçauoir quelles places elles tiennent en vn corps ſi bizarre & ſi extraordinairement formé.

Lib. 4. de generat. Animal. c. 4.

Ayant leué les cinq tegumens auec les muſcles, ſous le peritoine on a trouué deux ventricules, chacun ayant entrée & ſortie. Du coſté de la petite teſte fut trouuée vne rate de la longueur de quatre doigts, & de la largeur de deux, ſituée au deſſus de l'eſtomach, attachée au diaphragme. A coſté au deſſous des fauſſes coſtes, du coſté gauche de la groſſe teſte, vne autre petite rate diuiſée en deux lobes. Entre les deux poitrines du coſté droit de la groſſe teſte à l'oppoſite de la queuë, s'eſt trouué vn ſeul foye aſſez grand, attaché aux deux diaphragmes, rempliſſant tous les deux coſtez, & qui eſtoit beaucoup plus adherant du coſté de la petite teſte.

Comme on a trouué deux ventricules, auſſi on a rencontré doubles boyaux, leſquels eſtoient ioints & liez enſemble par le moyen du meſentere, & s'accompagnoient iuſques vers le rectum, où ils ſe terminoient en vn boyau fort

ample, qui eſtoit ledit rectum. La veine caue paſſoit au trauers du foye; & comme le foye rempliſſoit tout le fond du
bas ventre, auſſi la veine caue eſtoit cachée dans la ſubſtan-
ce du foye, & ne paroiſſoit qu'aux deux extremitez d'iceluy.

A coſté du foye en la partie dextre du coſté de la petite
teſte, s'eſt trouué vn rein qui eſtoit ſeul, & qui n'auoit point
de compagnon; il eſtoit fort petit, & on voyoit vne veine
emulgente ſortir du foye, & vne vretere ſortir du rein à
l'ordinaire.

Sous le foye il s'eſt trouué deux veſſies du fiel, diſtan-
tes l'vne de l'autre de trois trauers de doigt.

Dans chaque poitrine il s'eſt trouué vn cœur, & vn poul-
mon. En la poitrine du coſté de la petite teſte, le cœur ê-
toit rangé entierement dans le coſté gauche; & en la poitrine du coſté de la groſſe teſte le cœur eſtoit rangé du coſté
droit; de ſorte que les deux cœurs eſtoient vis à vis l'vn de
l'autre, y ayant vne diſtance entre les deux cœurs de deux
trauers de doigt.

Les poulmons eſtoient fort petits en chaque poitrine, di-
uiſez en quatre petits lobes, ils auoient eſté formez ainſi
petits à cauſe du peu d'eſpace qu'ils auoient rencontré. Les
deux cœurs eſtoient fort égaux : ce qui fait voir que la Nature ne s'eſtoit pas oubliée à former comme il falloit vne
partie ſi noble & ſi neceſſaire à la vie.

A la baſe de chaque cœur ſe remarquoit la groſſe artere,
qui ſortoit, & faiſoit vn arc ou demy cercle au deſſus du diaphragme, deſcendant de l'autre coſté.

Et eſt à remarquer que le cœur n'eſtoit pas au milieu, comme il deuoit, mais eſtoit rangé dans le coſté, & que les poulmons eſtoient fort petits, comme nous auons deſia dit, dautant que la poitrine eſtoit fort eſtroite & reſſerrée, à cauſe
de la courbeure de l'eſpine.

Ie ne doute point que pluſieurs liſans le recit d'vne production ſi monſtrueuſe, n'en demandent incontinant les
cauſes & les raiſons. Pour ſatisfaire à cette queſtion ie pro-
poſeray icy ſuccinctement la nature, les cauſes, & les differences des monſtres; & enfin i'allegueray quelques exemples des animaux monſtrueux, dépeints chez les Auteurs

qui en ont écrit, lesquels ont le plus de rapport, & de con-
uenance auec celuy-cy.

On met quelque difference entre les mots de monstre, de
prodige, & de miracle. Les monstres se voyent parmy les a-
nimaux qui sont formez d'autre façon que ceux qui les ont
engendrez, & qui ont la construction & disposition du corps
extrauagante, extraordinaire, & nullement conuenable à
leur nature: comme vn enfant sans pieds, ou ayant deux testes. Et non seulement ces defauts & manquemens de la Nature qu'on appelle monstres, se trouuent parmy les animaux;
mais mesme ils arriuent entre les plantes, quoy que plus rarement: veu que la Nature ne trauaille pas tant en la production
d'vne chose simple, & qui a peu de parties, que d'vne qui est
plus composée, & qui a des parties fort differentes. Ainsi
Pline raconte que sous le Consulat de P. Ælius & de Cn.   *Lib. 17. c. 18.*
Cornelius, on a veu croistre du bled sur des arbres. On voit
plusieurs fruits qui s'entretiennent ensemble. Licetus en vn   *Lib. 1. c. 5.*
liure qu'il a fait de la nature, des causes, & des differences des
monstres, a dit que Prosper Alpinus luy a écrit qu'il auoit remarqué vne monstrueuse deformité en vn concombre, &
qu'il luy a enuoyé du iardin medicinal vn épy d'vn froment
des Indes, au costé duquel estoit attaché comme des pelures
d'oignon blanc, ayant au dedans vne substance gluante, des
cheueux noirs, & de la suye. Il fait aussi mention d'vn certain Sigebert qui auoit trouué vn arbre de suseau, qui portoit des raisins: ce qu'on peut lire aussi dans Aldrouandus,
lequel dit auoir veu à Boulogne vne teste de chou d'vne si
prodigieuse grandeur, que plusieurs accoururent de diuers
lieux pour le voir, & que le iardinier déchaussant le pied
trouua à la racine vn vieil soulier, d'où il reconnut que ce
vieux cuir estoit agreable à cette plante: & on raconte qu'vn
païsan fit voir au defunt Roy Louïs XIII. vn semblable chou
d'vne grandeur fort extraordinaire. Licosthenes fait mention d'vn autre chou plus estrange, crû auprés de Nurem-
berg l'an 1553. de la teste duquel sortoient seize autres testes, soûtenuës d'vne seule tige.

Les prodiges sont des choses qui arriuent naturellement
& plus frequemment; mais qui signifient toûiours quelque

la generation de quelque creature difforme & affreufe. Les
Aftrologues accufent les influences & afpects des aftres, &
les font auteurs de ces déuoyemens : ils difent qu'ils arriuent
lors que la conception fe fait pendant le defaut de la Lu-
ne : Et on rapporte à ce fuiet, que du temps d'Albert le
Grand, en vn certain village, vne vache ayant fait vn veau
qui eftoit à demy homme, on accufa de ce fait vn berger,
qui deuoit eftre peu aprés bruflé auec la vache ; & qu'Albert
le Grand, qui fe trouua là, felon la grande experience &
connoiffance qu'il auoit de l'aftronomie, affura que ce monftre auoit efté produit par la force & vertu de certaines con-
ftellations. Ils difent qu'ils ont remarqué que pendant les e-
clipfes du Soleil naiffent plufieurs monftres, & que la con-
ionction de Saturne & de Mars caufe des conceptions dif-
formes & infortunées : quiconque voudra fçauoir fur ce fu-
iet plufieurs autres particularitez, n'aura qu'à lire Ptolomée. *Lib. 3. de aftror. iu- dic. cap. 8.*

Les caufes inferieures fe peuuent reduire à trois principales, à fçauoir au manquement ou abondance de matiere,
au defaut de la matrice, & de la vertu formatrice, & à l'i-
magination. Par exemple, la caufe d'vn monftre qui a deux
teftes, fera l'abondance de la femence deftinée pour la formation de la tefte, laquelle eftant en trop grande quantité
pour former vne feule tefte, eft diuifée & feparée par la nature en deux portions, de chacune defquelles portions la
faculté formatrice conftruit vne tefte : que fi cette matiere
abondante demeuroit vnie en foy, il ne s'en formeroit qu'v-
ne tefte ; mais qui feroit d'vne grandeur extraordinaire. Ain- *Lib. 2. de*
fi Licetus dit qu'il a veû à Padouë vn enfant de quatre mois, *nat & cauf.*
qui auoit vne tefte extrémement groffe, & le refte du corps *monft. c. 10.*
fort petit. Il arriue auffi quelquefois que le defaut & manquement de matiere eft caufe des parties doubles en vn mefme fuiet : comme quand il ne fe trouue pas affez de matiere
dans la matrice, pour produire des gemeaux, & qu'il y en a
trop auffi pour vne feule & fimple production : car alors la
Nature auant toutes chofes, s'occupe à former la tefte, &
trouuant trop de matiere, la fait double ; puis ne trouuant plus affez de matiere pour faire le refte des parties
de mefme, elle le fait feulement fimple. Quelques-vns

difent qu'vne feconde conception qui furuient incontinent
aprés la premiere, & que l'on appelle fuperfœtation, trouble
l'ouurage que la faculté formatrice auoit comme ébauché,
& que par la rupture des membranes qui enuelopent l'em-
bryon, les parties perdent leur naturelle fituation, & que
par l'affluence & mélange d'vne nouuelle matiere, les pre-
miers lineamens qui auoient efté tracez, font peruertis; &
cette matiere s'attachant en vn endroit de la premiere, produit quelque partie fuperfluë.

La mauuaife figure & difpofition de la matrice eft auffi
fouuent caufe de ces manquemens & difformitez : car fi la
matrice eft trop eftroite; quoy que la faculté formatrice foit
vigoureufe; elle ne pourra pas neantmoins placer toutes les
parties en leur lieu : mais les confondra bien fouuent, & ne
leur pourra donner la perfection qui eft requife pour faire
les actions conuenables à leur nature. Il arriue quelquefois
que la Nature ayant formé d'vne matiere abondante quelques parties principales doubles, elle eft contrainte de faire le refte fimple, à caufe de l'efpace qui eft trop refferré;
mais en recompenfe les parties qui font fimples, c'eft à dire
qui ne font pas doublées, font faites plus amples, & plus
groffes qu'à l'ordinaire : dautant que la Nature y auoit em-
ployé plus de matiere. Empedocles compare la conception
& la formation des animaux, à vn ouurage de fonte, lequel
fi on iette dans vn mauuais moule, on ne peut tirer vne figure parfaite & accomplie. Hippocrate dit qu'il fe fait en
l'œuure de la generation & de la formation, la mefme chofe que l'on voit arriuer aux concombres, lefquels aprés la
cheute de la fleur on renferme en des vaiffeaux, & pre-
nans en fuite leur accroiffement, reçoiuent la figure de la
cauité du vaiffeau qui les contient. Il fait dans le mefme lieu
vne autre comparaifon de la configuration & accroiffement
de l'enfant auec les arbres, qui eftans plantez en terre, &
rencontrans quelque pierre à leurs racines, ne les peuuent
produire qu'obliquement & de cofté; ce qui fait qu'elles
viennent tortuës. La mefme chofe arriue à l'enfant preffé
dans le ventre de la mere, qui pour ce fuiet n'a pas toûiours
les parties bien formées & bien dreffées. Tornamira remar-

que, que ſi vne fille conçoit auant l'âge d'onze ans, elle
meurt en ſa groſſeſſe : à cauſe que la matrice eſt trop eſtroite pour contenir l'enfant qui y prend accroiſſement.

Quelquefois la faculté formatrice cachée dans la ſe-
mence eſt ſi foible, qu'elle ne peut pas diſpoſer & ordon-
ner toutes les parties comme il faut : ce qui eſt cauſe ſouuent
de la difformité qui arriue à l'animal qui eſt engendré.

Il y en a qui diſent auec Ariſtote, que le vent du midy fait *Lib. 4. de*
que pluſieurs femmes dans les païs meridionaux comme l'A- *generat. a-*
frique, & l'Apulie, engendrent fort ſouuent des monſtres : *nimal. c. 4.*
d'où eſt venu le prouerbe, que l'Afrique apporte touſiours
quelque choſe de nouueau ; dautant que l'on faiſoit venir
de ce païs là à Rome, toûiours quelque monſtre qui ſer-
uoit de ſpectacle au peuple. Ariſtote, & Pline aprés luy, fon- *Plinius c.*
de la verité de ce prouerbe ſur la raiſon de la ſechereſſe du *16. lib. 8.*
païs, qui fait que pluſieurs beſtes de differentes eſpeces, ac- *hiſt. nat.*
courantes à vn meſme ruiſſeau pour boire, & faiſans là diuers mélanges, produiſent des beſtes de diuerſes formes.

On aioûte à ces cauſes l'imagination, qui eſt ſi forte, qu'-
elle imprime ſouuent ſur les eſprits & les humeurs, qui ac-
courent à l'œuure de la formation, les images des choſes
qu'elle conçoit ; de ſorte qu'il ſe peut faire qu'vne femme
qui aura la veuë troublée de quelques vapeurs, qui luy fe-
ront voir par exemple vn homme comme ayant deux teſtes,
pourra engendrer vn enfant ſemblable à l'image qui aura ê-
té receuë dans ſon imagination ; quoy qu'il ne ſoit pas facile
de croire que la force de cette faculté princeſſe ſoit telle,
qu'elle puiſſe produire doubles parties, ſi la matiere ne s'y
rencontre en quantité ſuffiſante : Et cela peut arriuer encore plus rarement aux brutes, qui n'ont pas des imagina-
tions ſi puiſſantes & ſi extrauagantes. On croit, dit Pline, *Lib. 7. c. 12.*
que pluſieurs choſes qu'on a veuës & ouïes, & que les ima- *nat. hiſt.*
ges que l'on en a tirées, ſe tiennent cachées dans l'imagination, que la penſée paſſant en vn moment d'vn ſuiet à l'autre, peut forger & méler diuerſes images & reſſemblances :
ce qui eſt cauſe qu'il ſe voit vne ſi grande diuerſité & difference entre les hommes : dautant que la legereté de ſes pen-
ſées, & la promptitude de ſon eſprit imprime diuerſes mar-

ques : ce qui n'arriue pas dans les animaux, qui ont leur imagination plus arreftée, & qui font entr'eux fort peu diffemblables.

La Nature eft fi feconde en la diuerfité de fes productions, qu'elle aime mieux produire quelque chofe contre fa coûtume, que de demeurer oifiue. Elle n'a iamais fait voir tant de varieté que dans fes irregularitez; elle n'a iamais mis au iour tant de nouueautez qu'il s'en rencontre en fes defectuofitez. Cela ne doit pas fembler trop eftrange, puifqu'il n'y a qu'vne droite ligne qui tend au but, & qu'il y en a vne infinité d'autres obliques qui s'en détournent. L'enfantement qui arriue felon l'ordre naturel, eft toûiours de mefme; mais il y en a de plufieurs fortes, qui fe font contre le cours ordinaire : Il n'y a auffi qu'vne mefme & femblable difpofition & conformation naturelle des parties des animaux, qui eft toûiours égale à foy-mefme : mais ce bel ordre & cette fymmetrie eft détruite & renuerfée en plufieurs manieres; & on voit fouuent paroiftre fous-diuerfes formes vne mefme efpece d'animal. C'eft ce qui a donné lieu à la production de tant de differentes fortes de monftres.

Ariftote fait confifter ces differences en trois chofes principales : à fçauoir en l'abondance & fuperfluité des parties, en leur manquement & defectuofité, & au renuerfement & changement de l'ordre & de la fituation qu'elles ont naturellement.

Auerroes en fait quatre differences. La premiere confifte dans le nombre : la feconde en la quantité : la troifiéme en la qualité : & la derniere en la fituation des parties.

Lib 7. de princip. rerum nat. Pererius diftingue les monftres en cette forte. 1. quand le fexe eft confondu, ou qu'ils participent de l'vn & de l'autre fexe, comme il fe voit aux hermaphrodites. 2. quand il y a quelque qualité remarquable, comme quand les parties font groffes ou menuës. 3. quand ils ont vne grandeur ou petiteffe qui paffe le commun. 4. quand les parties font tranfpofées, & n'ont pas leur fituation à l'ordinaire. 5. quand la figure eft renuerfée & contre leur nature, comme quand l'homme rampe, ou marche autant fur les mains que fur les pieds, à la façon des beftes. 6. quand les mœurs & la façon de viure eft extraordinaire, telle qu'eft celle des anthropo-

phages. 7. quand le nombre des parties excede ou manque,
comme lors qu'vne perſonne a deux teſtes, ou qu'il n'a
qu'vn bras ou vne iambe.

Vlyſſes Aldrouandus en fait quatre claſſes. Il range en
la premiere les monſtres qui excedent ou manquent en
nombre de parties: la ſeconde appartient à ceux qui viennent du mélange d'animaux de diuerſes eſpeces: la troiſié-
me eſt pour ceux qui ſont produits par la force de l'imagination: & la quatriéme regarde les monſtres qui doiuent
leur origine aux cauſes ſublunaires & inferieures.

Maſſaria pretend que les monſtres ſe peuuent rapporter
aux maladies organiques, que l'on appelle de compoſition, *cap. 7. lib.*
laquelle on fait conſiſter dans la conformation, la grandeur, le *4. prac̃t.*
nombre, & la ſituation, ou liaiſon des parties: aïnſi il y aura
autant de differentes ſortes de monſtres, qu'il y aura de maladies organiques.

Licetus ſçauant Philoſophe, & Medecin de Padouë, & *cap. 13. lib.*
depuis de Boulogne, fait vne diuiſion des monſtres, ti- *1. de nat.*
rée de la forme eſſentielle, laquelle diuiſion il dit eſtre plus *cauſ. & diff.*
ſcientifique: dautant que la perfection eſſentielle conſti- *monſt.*
tuë les differences ſpecifiques des choſes. Comme donc
la forme eſſentielle des monſtres conſiſte en vne vitieu-
ſe & extraordinaire compoſition des parties, il dit que le
monſtre eſt ou vniforme, ou ayant pluſieurs formes. Le
monſtre vniforme eſt celuy qui a les parties d'vne meſme e-
ſpece viuante. L'autre eſt celuy qui eſt compoſé de parties
de differentes eſpeces. Le monſtre vniforme eſt ou mutilé &
imparfait, comme vn enfant ſans mains, ou ayant plus de
parties qu'il ne faut, comme ſeroit celuy qui auroit deux
teſtes. ou eſt participant de l'vn & de l'autre vice, c'eſt à dire ayant quelques parties ſuperfluës, & quelques autres qui
luy manquent; comme ſeroit vn enfant ſans pieds, & ayant
deux teſtes. ou eſt difforme, comme ſeroit celuy qui auroit
les parties tranſpoſées, par exemple les yeux en la poitrine.
ou eſt informe, comme eſtoit l'enfant rond, charnu & ſans os,
duquel Hippocrate fait mention au ſecond liure des epide-
mies *. ou eſt enorme, comme vn enfant à demy petrefié.
Ces choſes eſtans ainſi poſées, nous pouuons reconnoiſtre,

sect. ε.
* ἢ Ἀντι-
κύεος, ἢ
τὸ περὶ Νι-
κόμαχον,
τὸ καὶ παι-
δίον, σαρ-
κῶδες μὲν
ἔχον δὲ τὰ
μέγιστα δια-
κακειμένα.
μέγεθος δὲ
ὡς πετρα-
δάκτυλον ἀ-
γόστον, ὑ-
στερον δ' ἀπα-
χὺ στρογγύ-
λον.

que le monſtre duquel nous parlons icy, eſt vniforme, n'ayant aucune partie qui ne ſoit de ſon eſpece. La cauſe principale eſt l'abondance & le defaut de la matiere dont il a eſté formé: car il n'y a point de doute, qu'il s'en eſt trouué plus qu'il n'en falloit pour former vn veau; & d'ailleurs il n'y en a pas eu aſſez pour en former deux entiers, diſtinguez & ſeparez l'vn de l'autre.

On trouue chez les Auteurs qui ont écrit de cette matiere, pluſieurs monſtres qui ont beaucoup de rapport & de conformité auec celuy-cy. En l'Hiſtoire des monſtres de Iean Georges Schenckius, pag. 109. on voit l'image d'vn veau qui a deux teſtes de chien, oppoſées l'vne à l'autre, comme il ſe voit au noſtre, & qui a ſept pieds: on le peut auſſi conſiderer dans l'Hiſtoire des monſtres d'Aldrouandus, en la p. 656. qui l'ont tiré de la Chronique de Lycoſthenes, p. 441. où il recite qu'il fut produit en Pologne à Caliſſe, l'an 1269. duquel les oiſeaux & les chiens fuyoient la charõgne : il auoit quatre pieds en la partie de deuant, & trois en celle de derriere.

Le meſme rapporte, qu'en la ville dite Bergerdorff, fut veû vn monſtre qui reſſembloit en quelque façon à vn veau; il auoit ſix pieds & deux teſtes. Les deux teſtes eſtoient auſſi oppoſées en longueur : il y auoit trois pieds du coſté de chaque teſte, deux queuës ſortoient du coſté, entre leſquelles eſtoit vn ſeul trou pour vuider les matieres fecales. On en peut voir la figure en la p. 654. de la Chronique de Lycoſthenes.

Il s'eſt veû des animaux monſtrueux en d'autres eſpeces, qui auoient pareillement deux teſtes oppoſées l'vne à l'autre. Il y a dans l'Hiſtoire des monſtres d'Aldrouandus, en la p. 428. la figure d'vn poiſſon ayant deux teſtes ainſi oppoſées l'vne à l'autre; & du milieu du corps de ce poiſſon ſort vne ſeule queuë commune à toutes les deux teſtes. Ce monſtre fut trouué dans le fleuue du Nil en Egypte, prés d'vne ville nommée Latiſlana : il eſtoit preſque de la grandeur d'vn crocodile. Et en la pag. 661. de la meſme Hiſtoire, ſe voit deux figures de lezards, qui ont ſemblablement deux teſtes aux deux extremitez : l'vne de ces figures fut trouuée en vne table de Torquatus Bembus : l'autre lezard fut donné

vif à Aldrouandus par vn celebre arracheur de dents, nom-
mé *Franciscus Citensis* : ce lezard auoit vne autre teste où deuoit estre la queuë, & chaque teste s'auançoit de son costé.

On peut voir dans le mesme liure, dans les p. 646. 648. &
649. des monstres humains ayans deux testes opposées dia-
metralement. Lycosthenes rapporte qu'en l'année 1552. le 3.
Aoust, entre dix & onze heures du soir, vn enfant nasquit
en Angleterre à Mideltoston, ayant deux corps, deux testes, & quatre mains opposées directement, & n'ayant qu'vn
ventre, vn nombril, & vn fondement pour décharger les ex-
cremens : d'vn costé du corps sortoient deux pieds bien formez, & de l'autre vn pied seulement qui auoit neuf doigts.
Il y a vn semblable monstre dans Schenckius en la pag. 82.
de son Histoire, lequel fut né en Angleterre proche d'Ox-
fort, ayant ainsi deux testes aux deux extremitez, quatre
bras, & quatre mains, vn ventre, la partie genitale d'vne
femme, & vn fondement. D'vn costé sortoient transuersa-
lement deux iambes & deux pieds, & de l'autre vne iambe &
vn pied ayant dix doigts : c'estoit deux enfans qui estoient
ainsi ioints & entrelacez ensemble : l'vn desquels vescut
quinze iours, & l'autre vescut encore vn iour aprés : l'vn
estoit fort gay, & l'autre paroissoit triste & endormy. Il
l'a tiré du 3. chapitre du liure 5. de Iacques Ruef qui a écrit
de la conception & generation de l'homme. Ambroise Paré en son liure des monstres en décrit deux autres ainsi op-
posez, & presque semblables : l'vn desquels nasquit à Paris
en la ruë des Grauilliers, en l'année 1570. le 20. iour de Iuillet. C'estoit deux enfans ioints ensemble, lesquels furent
remarquez pour masle & femelle, & baptisez à saint Nico-
las des Champs. L'autre fut né le dernier iour de Feurier
1572. en la parroisse de Viaban, sur le chemin de Paris à
Chartres, au lieu des Petites Bordes; & vécut ce monstre
iusques au Dimanche suiuant. A Venise en l'année 1575.
nasquit vn semblable monstre d'vne Iuïue : c'estoit deux enfans ioints par les fesses & le perinée, les cuisses estoient en-
tremeslées. Il ne se voyoit point de partie genitale, ny de
fondement, desquelles parties le nombril faisoit la fon-
ction. Ceux qui seront curieux de ces choses, les pourront

In Chronico prodig. & ostentorum. pag. 619.

voir dans les Auteurs qui en ont écrit : où ils prendront plus de diuertissement voyans les figures, que l'on ne pourroit leur donner de satisfaction par le discours & le recit que nous en pourrions faire.

Figure d'vn monstre humain ayant deux testes, né à Paris 1650.

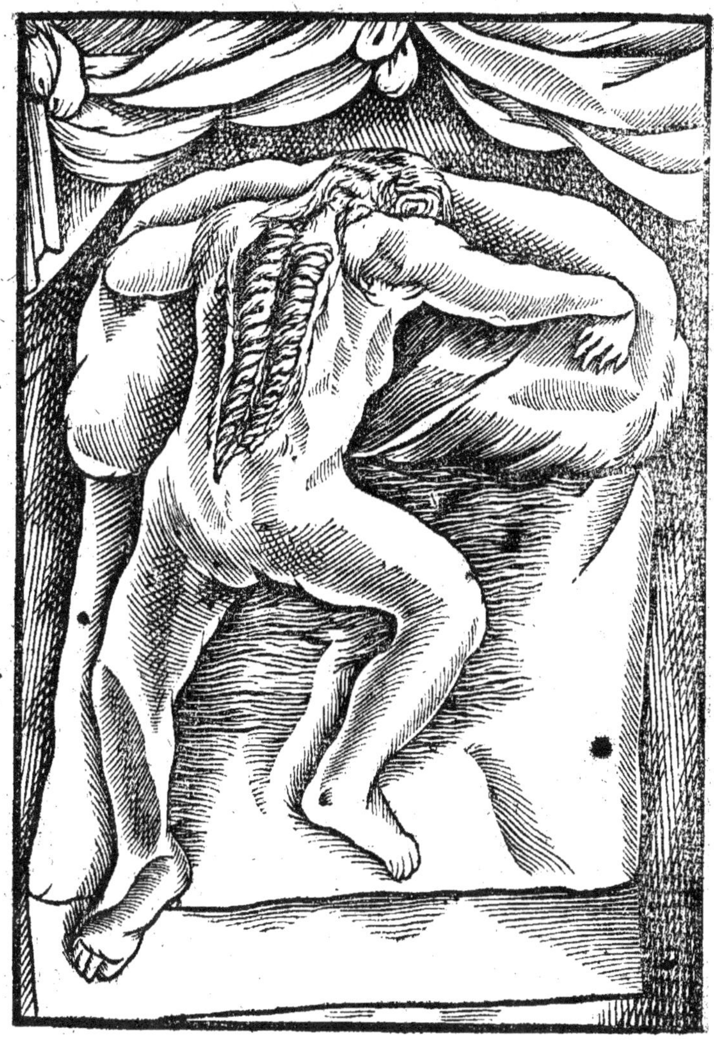

Histoire d'vn monstre humain ayant deux testes,
né à Paris en l'année 1650.

IE ne croy pas que l'on trouue étrange que nous ayons mis
ce monstre humain en suite de celuy d'vne brute, quand
on sçaura que nous ne les auons pas placez icy selon l'ordre
de dignité : mais dans le rang qu'ils nous ont esté presentez :

C

car ayant acheué noftre premier difcours , Monfieur **Peu**
Chirurgien Iuré de robe longue , fit voir chez Monfieur
Cattier Medecin du Roy, en la prefence de plufieurs perfonnes, vn monftre humain, qu'il a embaumé & conferué
auec grand foin depuis quelques années , lequel eft digne
d'admiration , & merite bien de n'eftre pas enfeuely dans
l'oubly, comme ont efté plufieurs autres chofes memorables,
faute de les auoir redigées par écrit.

Le recit qu'il nous en a fait eft tel. Il y a quelque temps
qu'vne femme âgée de trente-cinq ans ou enuiron, accoucha à fept mois d'vn enfant difforme & monftrueux, qui fut
porté à l'Hoftel-Dieu de Paris, où Monfieur Peu demeuroit
alors, & penfoit les malades, lequel il obtint auec beaucoup
de peine de quelques-vns de Meffieurs les Adminiftrateurs,
tant du fpirituel que du temporel.

Quant à l'exterieur, ce monftre a deux teftes égales, l'vne
à cofté de l'autre, pofées fur deux cols, & neantmoins n'a
qu'vn corps, auquel font attachez deux bras & deux mains,
deux iambes, & deux pieds feulement.

Et pour reconnoiftre en general les parties externes dont il
eft compofé , il le faut diuifer en deux teftes iointes enfemble par contiguité, en deux cols, en vne poitrine, vn ventre, & les extremitez.

En chaque tefte on remarque le crane, & la face.

Les os du crane ne font aucune concauité, & ne forment
aucun efpace pour contenir le cerueau ; de forte que le fom-
met femble manquer, & autant qu'il en faudroit pour re-
prefenter vne calote ; n'eftant refté que leur bafe. Les deux
os communs du crane, à fçauoir l'os fphenoïde ou bafilaire,
& l'ethmoïde ou cribreux fe trouuent tout entiers.

La face fe diuife en la machoire d'enhaut, & en celle d'en-
bas: En celle d'enhaut, nous deuons confiderer le front qui
eft racourcy & étroit, auquel fe voit encore prefentement
des cheueux. Les yeux font femblables à ceux d'vn liéure, le
nez à celuy d'vn hibou, les ioües à celles d'vne guenon, &
les oreilles font doubles, & reffemblantes à celles d'vn finge.
Les cols ioints enfemble font fort courts. La poitrine eft fort
large & ample , & coniointement auec le bas ventre , fait

vne figure ouale. L'eſpine du dos eſt double, à laquelle
neantmoins ne ſont attachées que vingt-quatre coſtes. A
l'extremité des deux eſpines ſont deux coccix, qui ſe ter-
minent iuſques au col de la matrice.

Ce monſtre pour lors fut veu de pluſieurs perſonnes de
grande condition, entre autres de Monſieur le Premier Pre-
ſident maintenant Garde des Seaux, de Monſieur le Preſi-
dent le Bailleul, & de pluſieurs Medecins & Chirurgiens de
la ville de Paris.

On dira peut-eſtre, que ſi l'on eſtoit diligemment infor-
mé de toutes les productions, & de tous les enfantemens qui
arriuent, il s'en trouueroit pluſieurs de ce genre, & on ne les
feroit pas paſſer pour extraordinaires, que ce ſont des ieux
de la Nature qui ſe plaiſt en cette diuerſité.

Il eſt vray que les ſiecles paſſez ont veu des monſtres auſſi
bien que celuy-cy. Pluſieurs Auteurs de l'antiquité en ont
fait mention dans leurs liures. Hippocrate au cinquiéme   *Lib 5. Epid.*
liure des maladies populaires a bien daigné remarquer,   ἐξέπεσεν ἐκ
qu'vne femme accoucha d'vn enfant au dixiéme mois de ſa   τ̃ γαςρὸς τὸ
groſſeſſe, lequel auoit le bras droit adherant au coſté. Ari-   παιδίον τε-
ſtote au chapitre 4. du quatriéme liure de l'hiſtoire des Ani-   θνεὸς ἔχον
maux, dit que lors que dans les animaux les parties ſont per-   δεξιὸν βρα-
uerties, ou tranſpoſées, ou doublées, comme quand il y a   χίονα προσ-
deux rates ou pluſieurs reins, on peut dire que ce ſont des   πεφυκότα
monſtres: ce qui arriue à cauſe du changement des mouue-   τῇ πλευρᾷ.
mens, & du tranſport de la matiere en vn autre lieu. Et au
chapitre 3. du meſme liure, il paſſe bien plus auant, quand   ἢ γὰρ ὁ μὴ
il dit, que celuy qui n'eſt pas ſemblable à ceux qui l'ont   ἐοικὼς τοῖς
engendré, eſt en quelque ſorte vn monſtre, dautant, dit-il,   γονεῦσιν ἤδη
que la Nature commence à degenerer en quelque façon de   τρόπον τινὰ
ſon propre genre: De ſorte que ſi nous l'en voulons croire,   τέρας ἐςι.
ces productions ſeront tres frequentes, & la Nature s'oublie-
ra fort ſouuent: ce que l'on peut recueillir de ce qu'iniurieu-
ſement il accuſe de ce defaut la Nature en la production du
ſexe feminin.

Nous voulons croire que la Nature fait des monſtres plus
ſouuent que nous ne croyons: neantmoins nous ne donnons
pas tant d'étenduë à la ſignification de ce mot; & nous n'ap-

pellons pas monſtre tout ce qui ne poſſede pas la perfection
de ſon eſpece.

Pluſieurs ont traité des monſtres, & nous en ont laiſſé diuers portraits: Cependant ils n'ont pas touſiours pris la peine
d'en faire l'anatomie, & de nous laiſſer par eſcrit ce qu'ils
euſſent pû remarquer aux parties du dedans. Schenckius
eſcrit quelquefois l'hiſtoire anatomique des monſtres dont
il traite, comme en la page 19. & 41. mais cela ne luy eſt pas
ordinaire. L'hiſtoire d'Aldrouandus ne propoſe auſſi que
fort rarement, ce qui auroit pû eſtre obſerué en la diſſection
des monſtres, cela ſe voit neantmoins en la page 634. & 637.
de cette hiſtoire.

Le diſcours que fit Monſieur Riolan d'vn monſtre humain
né à Paris en l'année 1605. ne contient pas ſeulement la deſ-
cription des parties externes; mais rapporte ce qui a eſté remarqué en la diſſection qui en fut faite, & c'eſt le principal
aduantage que le Lecteur peut remporter de cette lecture:
C'eſt pourquoy nous ne nous ſommes pas arreſtez à l'exterieur de ce monſtre, mais nous auons crû eſtre obligez pour
voſtre entiere ſatisfaction, de vous dire ce que nous auons
rencontré & remarqué au dedans.

Voicy donc ce qui fut trouué en la diſſection de celuy-cy,
comme Monſieur Peu, qui l'a faite en la preſence de Monſieur Renaudot Docteur de la Faculté de Paris, de Monſieur Bertreau Chirurgien Iuré, & de pluſieurs autres, l'a
remarqué ſoigneuſement.

Il n'y auoit rien dans le bas ventre qui fût extraordinaire
& particulier, ſinon que le ventricule & les inteſtins, tant
greſles que gros eſtoient d'vne prodigieuſe grandeur.

En la poitrine il ne fut trouué qu'vn cœur de groſſeur
extraordinaire.

Les poulmons eſtoient doubles, il n'y auoit toutefois
qu'vn mediaſtin.

On a rencontré deux œſophages, qui ſe terminoient &
embouchoient enſemblement à l'orifice ſuperieur du ventricule, dont le droit deſdits œſophages paſſoit à trauers du mediaſtin en la partie ſuperieure, pour ſe ioindre auec l'autre.

Et comme il y auoit deux cols, il y auoit auſſi deux larynx, deux pharynx, & deux trachées ou afpres arteres.

La fubftance de chaque cerueau eftoit feparée par le milieu, & en fort petite quantité, & n'eftoit couuerte que de
la dure & pie mere: la plus grande portion de fa fubftance
eftoit logée en la partie anterieure.

La caufe principale de cette conception monftrueufe, fut
l'imagination de la mere, qui conferua l'idée de quelques
marmoufets qu'elle auoit veus entre les mains des Ioüeurs de
marionnettes, eftant à la Foire faint Laurens; de forte qu'elle imprima facilement cette monftrueufe figure en vne matiere qui eftoit molle, & propre à receuoir les marques, & les
impreffions qui luy eftoient faites.

On voit dans l'hiftoire des monftres d'Aldrouandus, la fi- *Pag. 634.*
gure de deux gemelles qui s'entretiennent par le front, où eft
rapporté que cette ionction fut faite par la force de l'imagination de la mere. La rencontre fut telle : c'eft que deux
femmes, l'vne defquelles eftoit groffe, parlantes enfemble
furent rencontrées d'vne autre qui les furprit, & fit heurter la
tefte de l'vne contre celle de l'autre : ce qui fit vne telle peur
à celle qui eftoit groffe, qu'elle laiffa l'image emprainte de
cette concurrence à fon fruit. Cornelius Gemma rapporte *Lib. 1. Cof-*
plufieurs effets merueilleux de l'imagination, non feu- *mocrit. c. 6.*
lement en la conception; mais mefme en la formation de *pag. 77.*
l'enfant. Il rapporte à ce fuiet qu'vne femme extrémement
groffe fut veuë à Louuain, laquelle à fon compte deuoit ac-
coucher vers la fefte des trois Rois, à laquelle quelqu'vn
ayant dit, qu'elle feroit peut-eftre trois Rois, elle répondit, *à*
la bonne heure. L'euenement en fuite fut tel que la penfée
auoit efté conceuë, car elle accoucha de trois enfans mafles,
l'vn defquels eftoit bazané, & reffembloit à vn more. Il recite encore vne autre hiftoire d'vne femme de la mefme
ville, qui n'eft pas moins digne d'admiration : Cette femme
eftant proche du terme de fon accouchement, il arriua que
fon mary pouffé de colere, tira fon épée contre elle, & fut
tout preft à luy en donner vn coup fur la tefte, & quoy qu'elle
fuft prompte & foigneufe d'éuiter ce coup, elle ne laiffa pas
d'imprimer par la force de l'imagination, vne ouuerture, &
folution de continuité en la tefte de l'enfant qu'elle portoit

C iij

en son ventre, de laquelle aprés l'enfantement, on ne pouuoit pas arrester le sang qui couloit : Et ce qui est fort remarquable, c'est que cette playe estoit en la teste de l'enfant, au mesme endroit où la mere faillit de receuoir le coup.

Il nous reste à considerer deux choses en la generation de ce monstre. Premierement, que la premiere intention de la Nature estoit de former deux enfans : mais comme les parties principales commençoient à estre distinguées, il est arriué par quelque accidét, qu'elles ont esté confonduës ensemble, il n'y a eu que les deux testes qui sont demeurées separées & distinguées l'vne de l'autre. Cardan fait mention d'vne fille qui auoit deux testes, & le reste du corps à l'ordinaire : elle naquit en l'année 1554. Et Gabriel Cuneus Chirurgien, & disciple de Cardan, qui en fit la dissection, trouua les parties presque de la mesme sorte qu'elles ont esté trouuées icy. L'œsophage & le ventricule estoient doubles ; neantmoins ils s'vnissoient vers le fond d'iceluy ; de sorte qu'il n'y auoit qu'vn pylore ou orifice inferieur ; Cependant il y auoit doubles intestins qui prenoient leur origine dudit orifice, & estoient ainsi doubles iusques au rectum, où ils s'vnissoient, & ne faisoient qu'vn boyau qui se terminoit au siege. Les poulmons estoient doubles & separez ; Le cœur estoit vn peu plus haut qu'il n'est ordinairement, & estoit fourchu ; Le foye estoit long & épais sans lobe ; L'espine du dos estoit aussi double, l'vne estoit distante de l'autre de l'épesseur d'vn doigt, & chacune seruoit particulierement à la teste qui estoit du mesme costé, & se terminoit vers chaque cuisse ; Les reins estoient doubles ; La vessie & la matrice estoient simples : Ce monstre vint au monde au bout de neuf mois, & mourut aussi tost par l'imprudence de la Sage-femme qui tordit le col d'vne teste. Nous lisons dás Lycosthenes, qu'en l'année 1552. naquit à Witzenhause en la Hesse, vn enfant masle ayant deux testes à costé l'vne de l'autre, & deux cols côme celuy-cy, posées sur vn corps simple & bien formé. Le mesme dit qu'en l'année 1541. il a veu vne féme âgée de 26. ans qui estoit dans le païs de Bauiere, ayant deux testes, l'vne desquelles estoit assez difforme : cette creature alloit de porte en porte demander sa vie, & fut enfin chassée du païs, à cause de la

Lib. 14. de ver. variet. cap. 7.

In Chronico prodig. & ostentorum, pag. 620.

peur qu'elle caufoit aux femmes enceintes ; on en voit la figure en la page 564. Schenckius rapporte auffi cette hiftoire en la page 21. & Paré l'a inferée en fon liure des Monftres.
On voit en la mefme page dans Lycofthenes vne autre figure d'vn homme ayant deux teftes & doubles épaules, qu'il dit
auoir veu âgé de trente-cinq ans : les deux teftes eftoient
fort femblables, elles auoient faim & foif en mefme temps,
& la voix de l'vne & de l'autre n'eftoit en rien differente.

La feconde chofe que l'on veut fçauoir, eft, s'il y a deux
ames en vn corps qui a deux teftes : Ce qui femble vray-fem-
blable à caufe que le fiege de l'ame, & où elle femble exer-
cer fes plus nobles actions eft la tefte : peut-eftre que pour
cette raifon la Nature fait la tefte auant toutes les autres parties, & non pas le cœur comme a creu Ariftote : C'eft pour- *Cardan.*
quoy on a veu plufieurs enfans qui auoient deux teftes, & le *lib. 14. de*
refte du corps fimple : mais on en a veu fort peu qui euffent *variet.c.77.*
toutes les parties du corps doubles, & la tefte feule & fimple.
Ariftote eft de fentiment contraire ; car il dit que tels mon- *Lib. 4. de*
ftres qui ont les parties doubles font veritablement deux ani- *generat. a-*
maux, pourueu que les principes foient doubles, que fi le *nimal. c. 4.*
cœur de l'animal eft le principe de la vie, il ne faut pas dou-
ter que quand il fe rencontre feul, il ne conftituë qu'vn feul
animal.

Ce difcours ne finiroit pas encore fi nous voulions parler
des chofes merueilleufes & extraordinaires qui paroiffent en
l'œuure de la generation ; C'eft pourquoy laiffant tout ce qui
fe peut lire fur ce fuiet dans les Auteurs, nous vous dirons
feulement, que comme on acheuoit cette impreffion, Monfieur du Prat Medecin fçauant & curieux, fit voir, & laiffa
entre les mains de Monfieur Cattier Medecin, le corps d'vn
chat monftrueux embaumé, qui luy a efté donné il y a enuiron vn an par Monfieur de Soufigny, & fut fait à Valence le
17. Avril 1637. chez Monfieur Camieu Apoticaire. On ne
fçauroit iamais le décrire fi bien qu'il eft. Il eft compofé de
trois demy corps, au premier il y a vne tefte affez groffe, &
toute la partie de deuant, & au bout de ce demy corps fur
le dos eft vne patte : à l'endroit où deuroiét eftre les cuiffes &
les iambes de derriere, on voit fortir deux autres demy corps

de chaque cofté, qui reprefentent chacun vn peu plus qu'il n'en faut pour faire le train de derriere, auec le dos, le ventre, deux pieds, & vne queuë; & en tout cet affemblage de parties, il ne paroift qu'vne feule tefte au deuant, comme nous auons dit.

Ie me contenteray pour la fin, d'alleguer deux exemples de chats monftrueux tirez de la Chronique de Lycofthenes. Il dit qu'en l'année 1552. vne chate fit vn petit chat viuant, lequel auoit deux corps oppofez l'vn à l'autre, & ioints enfemble par le moyen d'vne tefte qui eftoit entre deux : & ailleurs, il dit qu'il y auoit vne chate en fa maifon, qui eftoit fort feconde, & comme elle eut atteint l'âge de huit ans, elle fit plufieurs monftres, entre autres trois chats qui s'entretenoient par le ventre, lefquels ne purent fortir viuans de fon ventre : La figure en eft pareillement reprefentée dans Schenckius pag. 120. & dans Aldrouandus page 658.

Pag. 619.

Pag. 641.

F I N.

PERMISSION.

IL eft permis à Philippes Peu Chirurgien Iuré à Paris, à Iean Rouffeau auffi Chirurgien, & à Matthieu Rochette Apoticaire du Roy, d'imprimer ou faire imprimer, vendre & debiter, par tel Imprimeur que bon leur femblera, *l'Hiftoire* cy deffus, *de deux monftres, l'vn humain né en cette ville en l'année 1650. & l'autre brute, qui y a efté apporté le 13. Iuin 1655. Auec les figures defdits monftres :* faifant defenfes à toutes perfonnes de l'imprimer, contrefaire, alterer, vendre ny debiter fans l'exprés confentement defdits Peu, Rouffeau, & Rochette, à peine de confifcation des exemplaires, & de cinq cens liures d'amende. Fait ce 24. Iuillet 1655. Signé, DAVBRAY.

Lefdits Sieurs Peu, Rouffeau & Rochette ont cedé leur droit de la permiffion cy-deffus à Edme Martin Imprimeur, le 26. de Iuillet 1655.